FLEURS DE MAI

TRENTE-DEUX

CANTATES OU CANTIQUES

EN L'HONNEUR DE MARIE

Si je savais chanter, je voudrais que ma lyre
Fît résonner pour Toi des chants harmonieux ;
Je voudrais que les cœurs, soumis à ton empire,
Redissent tes vertus et ta gloire en tous lieux.
Je voudrais que ton Nom, délicieux dictame,
Fût exalté, béni, la nuit comme le jour,
Et que de l'univers, comme d'une seule âme,
Ce seul cri s'élevât : A Toi, Marie, amour !

PARIS

...au des *Annales de la Sainteté au XIX*e *siècle*
73, RUE DE VAUGIRARD, 73

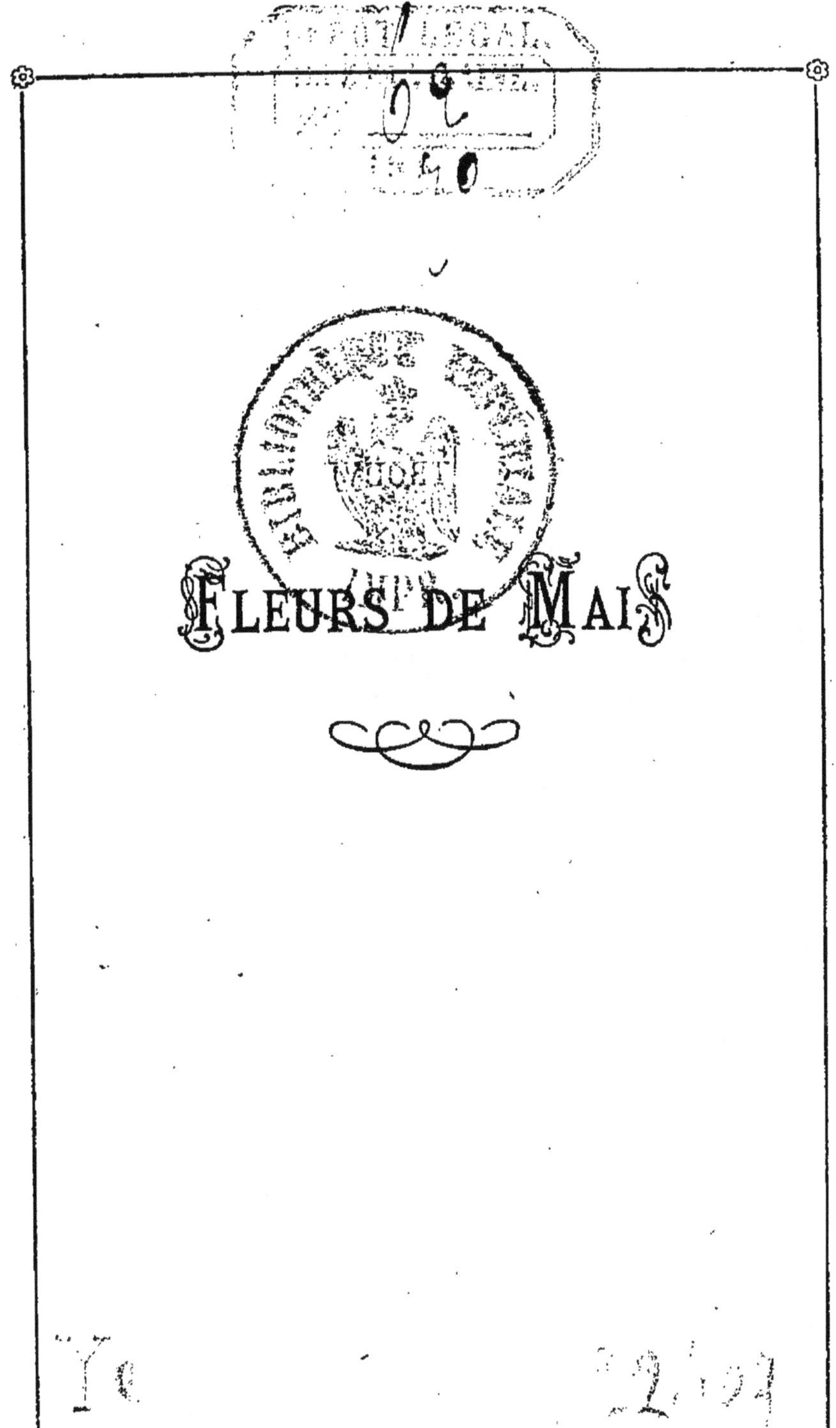

FLEURS DE MAI

ON TROUVE

Au bureau des *Annales de la Sainteté au XIXe siècle.*

FLEURS DE MAI, 32 Cantates ou Cantiques en l'honneur de Marie, Musique et Accompagnement de piano ou orgue de M. N. BOUSQUET, Officier retraité, Chevalier de la légion d'Honneur, ancien Elève du Conservatoire, Professeur au Pensionnat des Frères des Ecoles chrétiennes de Béziers, etc. Un beau volume grand in-8°, prix : 7 fr..

DU MÊME AUTEUR

LA LYRE ANGÉLIQUE, Cantiques nouveaux offerts aux maisons d'éducation, ouvrage dédié à Mgr l'Evêque d'Aire et revêtu de son approbation, et honoré des suffrages de Notre Saint-Père le Pape, de Mgr Sibour, Archevêque de Paris, et du R. P. Lacordaire. Un fort vol. grand in-8°, prix : 12 fr.

Les paroles seules, par le R. P. Justin Etcheverry, de la Compagnie de Jésus. Un vol. in-12, prix : 2 fr.

FLEURS DE MAI

TRENTE-DEUX

CANTATES OU CANTIQUES

EN L'HONNEUR DE MARIE

Si je savais chanter, je voudrais que ma lyre
Fît résonner pour Toi des chants harmonieux ;
Je voudrais que les cœurs, soumis à ton empire,
Redisent tes vertus et ta gloire en tous lieux.
Je voudrais que ton Nom, délicieux dictame,
Fût exalté, béni, la nuit comme le jour,
Et que de l'univers, comme d'une seule âme,
Ce seul cri s'élevât : A Toi, Marie, amour !

PARIS

Au bureau des *Annales de la Sainteté au XIXe siècle*

73, RUE DE VAUGIRARD, 73

1870

IMPRIMATUR.

Rhedonis, die 16a Aprilis 1870.

† G., *Arch. Rhed.*

Rennes, typ. T. HAUVESPRE, rue Impériale, 4.

A MARIE

O sainte Vierge, ô bonne et tendre Mère!
Pour T'honorer tes fidèles enfants,
Agenouillés dans ton doux Sanctuaire,
Viennent T'offrir leurs fleurs et leur encens,
Et, pleins d'amour, Te consacrer leurs ans.
Moi, j'ai voulu, pour aider leur prière,
Interpréter leur transport en ces chants :
Daigne agréer mes timides accents,
O sainte Vierge!

L'offrande, hélas! est faible, je le sens;
Pourtant, je crois, elle saura Te plaire,
Ton œil jamais ne regarde aux présents :
Si c'est le cœur que Tu veux et comprends,
Tu recevras mon tribut, je l'espère,
O sainte Vierge!

CANTATE

POUR

L'OUVERTURE DU MOIS DE MARIE.

Sous le regard de Dieu la nature est en fête ;
Tout chante et resplendit aux feux brillants du
[jour.
Le Ciel sourit, la terre avec transports répète
Un hymne triomphant d'allégresse et d'amour.

Dans la saison charmante,
Dans l'embaumé printemps,
Si tout sourit et chante,
Sachons-le bien, enfants :

C'est que voici le mois, le beau mois de Marie,
Le mois des doux parfums, des joyeux chants,
[des fleurs ;
Et tout prend une voix, tout devient harmonie,
Pour dire ses bienfaits et chanter ses grandeurs.

Aux gais concerts, aux voix de la nature,
Heureux enfants, unissons nos accords;
Que le saint Nom que tout chante ou murmure,
Que le Nom de Marie éclate en nos transports.

Louange, honneur à Toi, Vierge Marie;
Tout ici-bas s'incline sous ta loi.
A ta bonté notre âme se confie,
Chacun Te vient jurer amour et foi.

Prends en pitié notre faible jeunesse,
Sois notre espoir, notre puissant secours,
De tes enfants écoute la promesse :
A Toi nos cœurs, Mère, seront toujours.

Et puisque la saison des roses
Nous offre son riche trésor,
Toujours des fleurs fraîches écloses
Brilleront sur ton Trône d'or.
Nous les tresserons en guirlandes,
Et, posant sur ton front béni
Ces simples et pures offrandes,
Pendant un mois comme aujourd'hui,

Nous viendrons chaque soir, Mère bonne et chérie,
Embaumer ton Autel de parfums et de fleurs,
T'offrir nos purs accents, sainte Vierge Marie,
Et Te vouer nos cœurs.

CULTE A MARIE.

Pourquoi ces fleurs et ces guirlandes,
Dont les parfums embaument le saint Lieu?
Pourquoi ces pieuses offrandes
Sur ton Trône brillant, sainte Mère de Dieu?

Sur ton Autel ces fleurs, ô tendre Mère,
De tes enfants Te rappellent l'amour;
Ici, Marie, ici tout Te révère :
Du Ciel bénis tes enfants en retour!

Pourquoi ton riche Sanctuaire
Resplendit-il de candélabres d'or?
Pourquoi ces torrents de lumière
Viennent-ils ajouter à notre vif transport?

Sur ton Autel cet éclat, tendre Mère,
De tes enfants Te rappelle l'amour; etc.

Pourquoi dans chaque cœur fidèle
Ces purs soupirs, ces pieux sentiments?
Pourquoi, Marie, en ta Chapelle,
Quand tes enfants sont là, ces spirales d'encens?

A ton Autel, cet encens, tendre Mère,
De tes enfants Te rappelle l'amour; etc.

Pourquoi sous ces voûtes gothiques
Exaltons-nous ta gloire et ta grandeur?
Pourquoi ces suaves cantiques,
Mère de notre Dieu, Mère du doux Sauveur?

A ton Autel ces chants, ô tendre Mère,
De tes enfants Te rappellent l'amour; etc.

Pourquoi cette vive allégresse
Qui, dans ce Lieu, s'éveille à ton seul Nom?
Pour Te prouver notre tendresse,
Pourquoi dans nos transports cette sainte [union?

Dans ce saint Lieu ces transports, tendre Mère,
De tes enfants Te rappellent l'amour;
Ici, Marie, ici tout Te révère :
Du Ciel bénis tes enfants en retour.

LES FLEURS DE MARIE.

Toutes les fleurs parlent de Vous, Marie,
Mais trois surtout redisent vos vertus;
Pensant à Vous, l'âme est toute ravie
Par les attraits sur elles répandus.

Violette odorante,
Rose au jour éclatante,
Et toi, lis radieux,
Prenez une parole,
Et que votre symbole
Se révèle à nos yeux.

Violette, je suis cachée et solitaire;
Mon parfum seul trahit ma grâce et ma fraîcheur.

Plus humble encor, Marie a vécu sur la terre,
Et pourtant elle était la Mère du Sauveur,

Violette odorante, etc.

Lis, moi, je parle au cœur de candeur, d'innocence,
Et mon calice blanc dit à tous : Pureté.
Plus pure encor, Marie, en sa plus tendre enfance,
A Dieu voua la fleur de sa Virginité.

Violette odorante, etc.

Rose, moi, de l'amour je suis le doux emblème;
Je brille et resplendis aux feux ardents du jour.
Mais Marie aux mortels sait bien mieux que [moi-même
Inspirer la tendresse et l'ineffable amour.

Toutes les fleurs parlent de Vous, Marie,
Mais trois surtout redisent vos vertus;
Pensant à vous, l'âme est toute ravie
Par les attraits sur elles répandus.

DOUCEUR DU S. NOM DE MARIE.

Il est un Nom, objet de nos louanges,
Que toute voix prononce avec amour;
Il est au Ciel exalté par les Anges,
On le bénit au terrestre séjour :
C'est ton doux Nom, Mère tendre et chérie,
Oui, c'est ton Nom, ton saint Nom, ô Marie!

Il a pour nos lèvres mortelles
Du miel la suave douceur;
Il est pour nos peines cruelles
Comme un baume consolateur.

Il est un Nom, etc.

Il est un chant, une harmonie
Qui vient endormir nos chagrins ;
C'est un écho de la Patrie,
Note échappée aux luths divins.

Il est un Nom, etc.

C'est un parfum qui, pur, s'élève
Comme l'encens dans le saint Lieu ;
C'est la brise qui, sur la grève,
Semble une caresse de Dieu.

Il est un Nom, etc.

C'est le transport que la prière
Produit dans le cœur innocent ;
C'est le doux baiser qu'à sa mère
Avec amour donne l'enfant.

Il est un Nom, etc.

Il est comme l'air qui soupire
Entre les fleurs de l'arbrisseau ;
Il est plus pur que le sourire
Du Chérubin près d'un berceau.

Il est un Nom, etc.

C'est une ombre rafraîchissante
Offerte enfin au voyageur ;
C'est une onde désaltérante
Qui donne la joie à son cœur.

Il est un Nom, etc.

C'est un souvenir dans l'absence,
Un souvenir pieux d'amour;
Ici ce Nom dit : Espérance;
Il dira : Gloire ! au Ciel un jour.

Il est un Nom, objet de nos louanges,
Que toute voix prononce avec amour;
Il est au Ciel exalté par les Anges,
On le bénit au terrestre séjour :
C'est ton doux Nom, Mère tendre et chérie,
Oui, c'est ton Nom, ton saint Nom, ô Marie!

CE QUE J'AIME, O MARIE!

Il m'est doux de prier seul dans ton Sanctuaire,
Lorsque tout fait silence et que tombe le jour;
J'aime à verser mon cœur dans le tien, ô ma Mère!
A T'offrir mon tribut de tendresse et d'amour.

J'aime à chanter ton Nom dans de pieux cantiques:
Il redit à mon âme espoir; amour et foi.

J'aime à mêler ma voix aux concerts angéliques
Que tes dévots enfants font monter jusqu'à Toi.

J'aime à cueillir des fleurs pour en orner ton Trône,
Ou pour les effeuiller auprès de ton Autel;
J'aime à les enlacer en forme de couronne,
Pour en parer ton front, sainte Reine du Ciel!

J'aime tout ce qui chante ou redit tes louanges :
Fleur des champs, doux concert, suave et pur [encens
J'aime, Mère, ton Nom exalté par les Anges :
Un jour à leurs accords puissé-je unir mes chants!

PUISSANCE DU S. NOM DE MARIE.

Il est un Nom que toute âme pieuse
Unit toujours à celui de Jésus :
C'est ton doux Nom, ô Vierge glorieuse!
Il fait au Ciel le bonheur des Elus.

Au Paradis il donne l'allégresse,
Ton Nom, Marie; en suaves accords

Les harpes d'or le modulent sans cesse ;
Il retentit en amoureux transports.

En notre exil, en ce lieu de souffrance,
Ton Nom, Marie, est un puissant secours.
Nous l'invoquons, il est notre défense ;
Il nous protége et nous garde toujours.

Il est terrible aux tyrans de l'abîme,
Ton Nom, Marie ; et les esprits pervers,
Bannis du Ciel à cause de leur crime,
En l'entendant tremblent dans les enfers.

Que ton doux Nom soit, à ma dernière heure,
Mon seul espoir et mon unique appui.
Obtiens du Ciel, ô Mère ! que je meure
En prononçant ton Nom trois fois béni !

LOUANGES A MARIE.

Qu'une sainte harmonie
Monte de notre cœur;
Pour exalter Marie,
Enfants, formons un chœur.

A la Reine des Anges
Adressons tous nos vœux ;
Que nos chants, nos louanges,
S'élèvent jusqu'aux Cieux.

Quand, coupable, infidèle,
Ève eut connu le mal,
Sa race dut comme elle
Porter le joug fatal.

A la Reine, etc.

Plongé dans l'ignorance,
Dans le doute et l'erreur,

L'homme, dans la souffrance,
Attendait un Sauveur.

A la Reine, etc.

Les soupirs de la terre
De Dieu sont entendus :
Il nous donne la Mère
Du Rédempteur Jésus.

A la Reine, etc.

Saint Joseph, homme juste,
Son Epoux, son soutien,
De la Famille auguste
Devient l'heureux gardien.

A la Reine, etc.

Nazareth est un temple ;
Le Ciel, avec amour,
Sourit quand il contemple
Ce fortuné séjour.

A la Reine, etc.

Humble et sainte, sa vie
Sous l'œil de Dieu coula ;
Quand le temps vint, Marie
Pour nous tous s'immola.

A la Reine, etc.

Au sanglant Sacrifice,
Debout près de la Croix,
Elle but au calice
Où but le Roi des rois.

A la Reine, etc.

Maintenant tout s'incline
Et l'honore à genoux ;
Et la Vierge divine
Du Ciel veille sur nous.

A la Reine, etc.

Elle commande en Reine,
Tout reconnaît sa loi :
A notre Souveraine
Jurons amour et foi.

A la Reine des Anges
Adressons tous nos vœux ;
Que nos chants, nos louanges
S'élèvent jusqu'aux Cieux.

PROTECTION DE MARIE.

Sur les genoux d'une mère chérie,
Reine du Ciel, j'appris à bégayer ton Nom ;
Et sur mon cœur qui naissait à la vie,
Marie !
A flots Tu répandis la bénédiction.

Et, faible enfant, je grandis sous ton aile :
Ton regard plein d'amour protége et suit mes pas ;
Et, soutenu par ta main maternelle,
Fidèle,
A l'écueil du péché mon cœur ne sombre pas.

De l'ennemi je méprise la haine,
Je ne crains point l'enfer, si ton bras me défend ;

Dans le péril j'ai mon âme sereine,
O Reine !
Car sous ton bouclier tranquille est ton enfant.

Sois mon secours à mon heure dernière :
Tour de David, oh ! viens, viens protéger ma mort.
Quand finira mon exil, ma misère,
Ma Mère !
Oh ! conduis ton enfant jusqu'au céleste Port.

A LA SUITE DE MARIE.

Agenouillés près de ta sainte Image,
Avec transport nous chantons tes grandeurs.
Mère, en retour de notre simple hommage,
Bénis du Ciel les élans de nos cœurs.

O sainte Vierge ! ô céleste Marie !
Fais-nous aimer ton divin Fils Jésus !
Nous Te vouons notre cœur pour la vie :
Fais que toujours nous suivions tes vertus !

Nous marcherons sous ta blanche bannière,
Et sur tes pas nos pas se guideront ;
Vivant de foi, d'amour et de prière,
La pureté luira sur notre front.

O sainte Vierge ! etc.

Nous Te vouons notre timide enfance :
Veille sur nous et daigne nous bénir.
Garde à nos cœurs la paix et l'innocence,
Reçois un jour notre dernier soupir.

O sainte Vierge ! ô céleste Marie !
Fais-nous aimer ton divin Fils Jésus !
Nous Te vouons notre cœur pour la vie,
Fais que toujours nous suivions tes vertus.

LES GLOIRES DE MARIE.

De l'auguste Reine des Cieux,
Enfants, publions les louanges ;
Dans nos concerts mélodieux
Unissons-nous aux chœurs des Anges.

Chantons sa gloire et sa grandeur :
C'est la Reine du Ciel, la Mère du Sauveur !

Tout homme, hélas ! porte en naissant
Du péché la triste souillure ;
Par la grâce du Tout-Puissant,
Avant de naître elle fut pure.

Chantons sa gloire, etc.

La Vierge pleine de vertus
Attira les regards du Père :
Du divin Rédempteur Jésus
Marie, un jour, devint la Mère.

Chantons sa gloire, etc.

Maintenant elle règne au Ciel,
Douze étoiles font sa couronne ;
Chantant leur concert éternel,
Les Anges entourent son Trône.

Chantons sa gloire, etc.

Sa main gouverne l'univers,
La terre bénit sa clémence,

Les démons tremblent aux enfers,
Et tout reconnaît sa puissance.

Chantons sa gloire, etc.

Vivant sous le sceptre si doux
De l'auguste et céleste Reine,
Heureux enfants, soyons jaloux
De chanter notre Souveraine.

Chantons sa gloire et sa grandeur :
C'est la Reine du Ciel, la Mère du Sauveur !

CONSÉCRATION A MARIE.

Nous le jurons dans ta Chapelle :
Marie, à Toi tout notre amour.
Garde le serment qu'en ce jour
Formule notre cœur fidèle :
A la vie, à la mort, Mère, nous T'aimerons ;
Nous le jurons, nous le jurons !

C'est l'amour, la reconnaissance,
Qui nous conduisent près de Toi;
Car Tu veilles sur notre enfance
Qui coule heureuse sous ta loi.
Oh! fais qu'ainsi de notre vie
Bénis se suivent les instants :
C'est le souhait, Mère chérie,
Qu'aujourd'hui forment tes enfants.

Nous le jurons dans ta Chapelle, etc.

Près de ton Autel la jeunesse
De sa beauté garde la fleur;
Et, sous ton égide, sans cesse
Elle trouve paix et bonheur.
Oh! fais qu'ainsi de notre vie
Heureux s'enchaînent les instants :
C'est le souhait, Mère chérie,
Qu'aujourd'hui forment tes enfants.

Nous le jurons dans ta Chapelle, etc.

Si dans ses craintes, ses alarmes,
L'homme T'appelle à son secours,

Ta douce main sèche ses larmes,
A sa voix Tu réponds toujours.
Oh ! fais qu'ainsi de notre vie
Se succèdent tous les instants :
C'est le souhait, Mère chérie,
Qu'aujourd'hui forment tes enfants.

Nous le jurons dans ta Chapelle, etc.

Quand le vieillard glacé par l'âge
Sent déjà le froid de la mort,
Au terme enfin de son voyage,
Tu conduis sa nacelle au port.
Oh ! fais qu'ainsi de notre vie
Heureux s'achèvent les instants :
C'est le souhait, Mère chérie,
Qu'aujourd'hui forment tes enfants.

Nous le jurons dans ta Chapelle, etc.

NOTRE-DAME DU ROSAIRE.

Dans ton pieux et béni Sanctuaire,
Epelant ton saint Nom bien plus doux que le miel,
Entre mes doigts égrenant mon Rosaire,
O bonne Mère!
Je pense au Ciel.

Il plaît toujours à mon âme attendrie!
Elle aime à répéter et la nuit et le jour :
Je vous salue, ô divine Marie,
Reine chérie,
Mère d'amour!

Lorsque ma voix murmure tes louanges,
Un céleste parfum vient embaumer mon cœur;
Et je m'unis aux saints concerts des Anges
Dont les phalanges
Chantent en chœur.

Au Paradis, environnant ton Trône,
Les ardents Séraphins comme moi sont jaloux

De réciter la mystique couronne,
Bonne Madone !
A tes genoux.

Vers toi je viens en tout temps, à toute heure :
Viens vers moi, Vierge sainte, à mon dernier [instant.
Daigne m'ouvrir l'éternelle Demeure ;
Fais que je meure
En te louant.

NOTRE-DAME D'ESPÉRANCE.

O Notre-Dame d'Espérance !
Regardez à vos pieds vos enfants à genoux.
Mère de Jésus-Christ, Vous, notre Providence,
Vous pouvez tout sur Dieu : priez, priez pour [nous !

Lorsque sur Vous, de ce lieu de misères,
Nous élevons nos regards suppliants,
Soyez sensible à nos humbles prières,
Rendez l'espoir au cœur de vos enfants.

Il nous suffit de votre doux sourire,
En lui déjà nous trouvons le secours.
Oh ! gardez-nous sous votre aimable empire,
Et l'espérance en nous sera toujours.

O Notre-Dame d'Espérance ! etc.

Quand une mère à genoux vous implore
Pour son enfant, fruit chéri de son sein ;
Quand, sans soutien, à peine à son aurore,
Vient à vos pieds un petit orphelin :
Vous consolez leurs douleurs, leurs alarmes,
De l'orphelin Vous êtes le secours ;
Vous essuyez de la mère les larmes ;
Aux cœurs souffrants Vous répondez toujours.

O Notre-Dame d'Espérance ! etc.

Dans les chagrins, les périls de la vie,
A votre Autel Vous nous voyez venir ;
Et votre main, sainte Vierge Marie,
Avec amour s'étend pour nous bénir.
Conservez-nous votre aimable tendresse,
Du haut du Ciel soyez notre secours.

Nous en faisons aujourd'hui la promesse :
Oui, nous jurons de Vous aimer toujours.

O Notre-Dame d'Espérance !
Regardez à vos pieds vos enfants à genoux.
Mère de Jésus-Christ, Vous, notre Providence,
Vous pouvez tout sur Dieu : priez, priez pour [nous !

NOTRE-DAME DES 7 DOULEURS.

Mère éplorée, ô divine Marie,
O Notre-Dame des Douleurs !
Pardonne-nous, notre voix T'en supplie,
Car c'est nous, tes enfants, qui causâmes tes pleurs !

Lorsque Jésus, douce et tendre Victime,
Fruit bien-aimé de ton Sein virginal,
Fut, ô Marie ! offert pour notre crime,
Ton Cœur saigna, percé d'un trait fatal.
Du saint Vieillard l'oracle prophétique
Dès cet instant Te suivit en tous lieux,

Et Tu voyais déjà, Mère héroïque,
Mourant pour nous ton Fils, le Roi des Cieux !

Mère éplorée, etc.

Lorsque Jésus, aux jours de son jeune âge,
Dut en fuyant éviter le trépas,
D'un roi cruel trompant l'aveugle rage,
Tu l'emportas en Egypte en tes bras.
Oh! quels soucis, quels effrois, quelles craintes
Vinrent alors s'emparer de ton Cœur!
De la douleur Tu subis les étreintes,
Mais par l'exil Tu sauvas le Sauveur.

Mère éplorée, etc.

Lorsque Jésus dans son adolescence
Trois jours entiers fut éloigné de Toi,
Mère d'amour ! quel deuil, quelle souffrance
Dut éprouver ton âme dans l'émoi !
Il Te quitta pour suivre de son Père
L'ordre béni qu'il voulait accomplir.
Loin de Jésus, ton seul bien sur la terre,
Oh ! quelle angoisse alors Tu dus souffrir !

Mère éplorée, etc.

Lorsque Jésus portant sa Croix pesante,
Sanglant, brisé, montait au Golgotha,
Pour partager ses douleurs, Mère aimante !
Près de ton Fils ton amour Te porta;
Et Tu pus voir, sur son divin visage,
De ces méchants éclater la fureur, [rage,
Quand les bourreaux poussaient leurs cris de
Combien alors devait souffrir ton Cœur !

Mère éplorée, etc.

Lorsque Jésus sur le mont du Calvaire
Mourait pour nous sur un indigne bois,
Voulant T'unir au sublime mystère,
Tu fus debout, ferme, au pied de la Croix.
Tu ressentis ses tourments, ô Marie !
A ses douleurs Tu joignis tes soupirs ;
Là ton Cœur eut son heure d'agonie,
Là Tu devins la Reine des Martyrs !

Mère éplorée, etc.

Lorsque Jésus sur le gibet infâme
Eut expiré pour sauver les humains ;

Lorsque ton Fils eut exhalé son âme,
Et fut remis en tes tremblantes mains :
Triste, sans voix et le cœur plein d'alarmes,
Tu contemplas ses membres tout sanglants,
Tu les baisas, et tes yeux pleins de larmes,
Levés au Ciel, priaient pour les méchants !

Mère éplorée, etc.

Et quand Jésus, ô Mère inconsolable !
Fut au tombeau mis ainsi qu'un mortel,
Quelle douleur put être comparable
A ta douleur en ce moment cruel !
Tu conservas dans ton Cœur l'espérance
De le voir vaincre et la mort et l'enfer.
Mais sans Jésus pour Toi quelle souffrance...
Ta douleur fut grande comme la mer.

Mère éplorée, ô divine Marie,
O Notre-Dame des Douleurs !
Pardonne-nous, notre voix T'en supplie,
Car c'est nous, tes enfants, qui causâmes tes pleurs!

ORA PRO NOBIS.

Priez Dieu pour nous,
Mère bonne et chérie ;
Dans nos pressants dangers nos cœurs viennent à [Vous.
Ne nous délaissez pas ; sainte Vierge Marie,
Priez Dieu pour nous !

Quand la tristesse à notre âme timide
Vient apporter des jours remplis d'ennui,
Quand de nos cœurs nous éprouvons le vide,
Qu'à l'horizon pour nos yeux rien ne luit :

Priez Dieu pour nous, etc.

Si notre corps en proie à la souffrance
Tombe vaincu par les rigueurs du sort,
Si nous perdons tout, même l'espérance,
Si, malheureux, nous souhaitons la mort :

Priez Dieu pour nous, etc.

Quand le serpent de sa voix séductrice
Vient nous offrir un charme empoisonneur,
Pour éclairer le bord du précipice,
Pour triompher du démon tentateur :

Priez Dieu pour nous, etc.

Si le remords de sa froide morsure,
Tourment béni, cherche à nous convertir ;
Si le Seigneur nous presse et nous conjure,
Si sa voix crie : Espoir et repentir :

Priez Dieu pour nous, etc.

Et quand un jour, le dernier de la vie,
A tout nos cœurs diront enfin adieu,
Pour adoucir l'effroi de l'agonie,
Pour, de ce monde, aller tout droit à Dieu :

Priez Dieu pour nous,
Mère aimable et chérie ;
Dans nos pressants dangers nos cœurs viennent à [Vous.
Ne nous délaissez pas, sainte Vierge Marie,
Priez Dieu pour nous !

CAUSA NOSTRÆ LÆTITIÆ.

Entonnons un chant de victoire,
Qu'en l'honneur de Marie éclatent nos concerts;
Elle triomphe dans la Gloire :
Que son Nom soit béni partout dans l'univers.

Coupables dès notre origine,
En naissant voués à la mort,
Nous devions subir notre sort.
Une femme, ô faveur divine !
Pour racheter l'homme pécheur,
Met au monde le Rédempteur.

Entonnons un chant de victoire, etc.

Pour le rachat de notre crime,
Elle gravit le Golgotha,
Près de la Croix elle resta;
Elle s'unit à la Victime,
Qui, se faisant notre rançon,
Obtint au monde le pardon.

Entonnons un chant de victoire, etc.

De Jésus la céleste Mère,
L'heureuse fille d'Israël,
Marie a tout pouvoir au Ciel;
Et sa puissance tutélaire
Sur tous ses enfants exilés
Aime à répandre ses bontés.

Entonnons un chant de victoire, etc.

Oui, Chrétiens, chantons sa clémence :
Heureux enfants de sa douleur,
Elle nous porte dans son Cœur.
Lui devant notre délivrance,
Au Ciel, dans l'immortel Séjour,
Nous serons sa couronne un jour.

Entonnons un chant de victoire,
Qu'en l'honneur de Marie éclatent nos concerts;
Elle triomphe dans la Gloire :
Que son Nom soit béni partout dans l'univers.

STELLA MATUTINA.

O sainte Vierge ! ô bonne Mère !
Protége toujours tes enfants ;
Sois comme un astre tutélaire
Qui guide nos pas chancelants.
Si l'horizon d'ombres se voile,
Daigne éclairer notre chemin ;
Sois notre phare et notre étoile,
Brillante Etoile du matin !

Lorsque, exilé du doux rivage
Vers lequel aspire son cœur,
Si, sans abri, pendant l'orage,
Recourt à Toi le voyageur :
Du Ciel, oh ! dissipe le voile,
Abrége pour lui le chemin ;
Pour lui sois un guide, une étoile,
Brillante Etoile du matin !

Lorsque, au milieu de la tourmente,
Jouet des vents, le matelot
Voit sa nacelle chancelante
Sans gouvernail céder au flot :
Mère ! oh ! viens, dirige sa voile ;
De l'onde affermis le chemin ;
Pour lui sois un phare, une étoile,
Brillante Etoile du matin !

Lorsque, au milieu de la bataille,
Cherchant la gloire ou le trépas,
Tombent, frappés par la mitraille,
Nos généreux et fiers soldats :
Avant que leur regard se voile,
Du Ciel montre-leur le chemin ;
Oh ! sois leur guide et leur étoile,
Brillante Etoile du matin !

Vrais pèlerins dans cette vie,
Vrais matelots sur une mer,
Soldats de la sainte Patrie
Nous avons à vaincre l'enfer.

Vainqueurs, alors, au Ciel, sans voile,
Soldat, matelot, pèlerin,
Nous Te verrons, ô douce Etoile,
Brillante Etoile du matin !

AUXILIUM CHRISTIANORUM.

A qui Te prie
Tu viens toujours
Porter secours,
Vierge Marie ;
Et Tu défends
Tous tes enfants.

Quand à mon âme
L'esprit infâme
Offre la mort,
Si ma prière
Monte à Toi, Mère,
Je reste fort.

A qui Te prie, etc.

Dans sa demeure
Quand souffre et pleure
Un orphelin,
Ta main envoie
Bonheur et joie
Sur son chemin.

A qui Te prie, etc.

La pauvre mère,
Pleurante, espère,
Pour son enfant ;
Dans sa tristesse
Elle Te presse :
Ton Cœur l'entend.

A qui Te prie, etc.

Quand l'airain tonne,
Frappe, moissonne
Dans les combats,
Un cœur timide
Sous ton égide,
Non, ne craint pas.

A qui Te prie, etc.

Dans les alarmes,
Séchant nos larmes,
Tu nous soutiens;
Et ta parole
Charme, console
Tous les Chrétiens.

A qui Te prie, etc.

Aussi, Marie,
Toute la vie
Nous t'aimerons.
Garde sans cesse
Cette promesse
Que nous jurons.

A qui Te prie
Tu viens toujours
Porter secours,
Vierge Marie,
Et Tu défends
Tous tes enfants.

REGINA ANGELORUM.

Unissons nos louanges
Aux chants du céleste Séjour ;
A la Reine des Anges
Offrons nos cœurs et notre amour.

Marie au Ciel est Reine :
Auguste Souveraine,
Tout reconnaît sa loi ;
Tout l'honore et la chante ;
A la Vierge puissante
Tout jure amour et foi.

Unissons nos louanges, etc.

Aux célestes Portiques,
En suaves cantiques,
D'un saint transport émus,
Les Trônes, les Archanges,
Ravissantes phalanges,
Proclament ses vertus.

Unissons nos louanges, etc.

Environnant son Trône,
Ainsi qu'une couronne,
Sont douze Séraphins.
Ils redisent sa gloire,
Ils chantent sa victoire
En leurs concerts divins.

Unissons nos louanges, etc.

Tout la bénit, tout l'aime,
Et dans le Ciel Dieu même,
Voulant lui rendre honneur,
De sa Fille chérie,
De l'auguste Marie
Exalte la grandeur.

Unissons nos louanges, etc.

Dans nos pieux cantiques,
Des hymnes angéliques
Imitant les accords,
Pour Elle que notre âme
D'un saint amour s'enflamme,
Enfants, avec transports.

Unissons nos louanges
Aux chants du céleste Séjour ;
A la Reine des Anges
Offrons nos cœurs et notre amour.

SUB TUUM PRÆSIDIUM.

Dans nos périls, dans nos alarmes,
Sainte Mère de Dieu, nous recourons à Vous;
Dans nos chagrins et dans nos larmes,
Confiants, nous venons, Marie, à vos genoux.

La vie est pleine de misères ;
Chaque jour les dangers deviennent plus pres-
Daignez exaucer les prières [sants :
Que vers Vous font monter vos timides enfants.

Que votre regard nous soutienne,
Qu'il nous rende vainqueurs dans la tentation.
Secourez-nous, ô douce Reine !
Dont le Nom est comblé de bénédiction.

MONSTRA TE ESSE MATREM.

Quand nous venons, Mère chérie,
Invoquer ton puissant secours,
Ouvre-nous tes bras, ô Marie !
Sur ton sein reçois-nous toujours ;
Que ton égide tutélaire
Mette à couvert nos cœurs tremblants :
Montre-Toi toujours notre Mère,
Nous voulons être tes enfants !

Notre vie est pleine d'alarmes,
La douleur sur nous tombe à flots ;
Nos yeux sont noyés par nos larmes,
Nos cœurs brisés par nos sanglots.
Prends pitié de notre misère,
Adoucis nos chagrins cuisants,
Montre-Toi toujours notre Mère,
Nous voulons être tes enfants !

Enfants d'une mère coupable,
Par ton divin Fils rachetés,
Près de sa Croix, Mère admirable!
Par Toi nous fûmes adoptés.
Oh! rappelle-Toi le Calvaire,
Et ton angoisse et tes tourments :
Montre-Toi toujours notre Mère,
Nous voulons être tes enfants!

IMMACULÉE CONCEPTION de MARIE

CREDO! Oui, je le crois!
Ton âme est sainte, immaculée,
Reine de l'univers, Mère du Roi des rois.
De grâces le Ciel T'a comblée,
CREDO! Oui, je le crois!

Fils malheureux d'une race coupable,
Tous du péché nous subissons les lois.
Dieu Te sauva par sa grâce ineffable :
CREDO! Oui je le crois!

CREDO! etc.

Dieu veut sa Fille immaculée et pure ;
Pour ses desseins sur Toi fixant son choix,
Il Te créa sans tache ni souillure :
CREDO! Oui, je le crois!

CREDO ! etc.

Te choisissant pour la Mère du Verbe,
D'un joug honteux il T'épargna le poids ;
Sur Toi jamais n'eut droit l'esprit superbe
CREDO ! Oui, je le crois !

CREDO ! etc.

La Trinité, de ta beauté jalouse,
De son pouvoir Te céda tous les droits ;
Le Saint-Esprit Te choisit pour Epouse :
CREDO ! Oui je le crois !

CREDO ! etc.

Et maintenant tout proclame ta gloire ;
Pour Te chanter les cœurs n'ont qu'une voix.
Reine, fais-nous partager ta victoire :
Tu le peux, je le crois.

CREDO ! Oui, je le crois !
Ton âme est sainte, immaculée,
Reine de l'univers, Mère du Roi des rois,
De grâces le Ciel T'a comblée,
CREDO ! Oui, je le crois !

NATIVITÉ DE MARIE.

Avec respect, Anges, prosternez-vous ;
Cette humble Enfant est votre Souveraine ;
Du Ciel un jour Elle sera la Reine,
Elle verra le monde à ses genoux.

Une branche a fleuri sur la royale tige,
Jessé s'en est ému dans son profond sommeil ;
Conçue immaculée, une fille, ô prodige !
Naît, et, brillante aurore, annonce le Soleil.

Avec respect, Anges, prosternez-vous, etc.

Depuis quatre mille ans Elle était attendue ;
Vers Elle soupiraient les Voyants d'Israël ;

Et les coupables fils de la race perdue,
Levant les yeux en Haut, La demandaient au Ciel.

Avec respect, Anges, prosternez-vous, etc.

Marie à l'univers vient porter l'espérance ;
Les temps sont accomplis, voici, voici le jour:
Dieu va faire avec nous une sainte alliance,
Il va bientôt descendre en notre humble séjour.

Avec respect, Anges, prosternez-vous :
Cette humble Enfant est votre Souveraine;
Du Ciel un jour Elle sera la Reine,
Elle verra le monde à ses genoux.

ANNONCIATION DE MARIE.

Quand le Ciel dut pleuvoir le Juste,
Que les temps furent accomplis,
Gabriel, Messager auguste,
Quitta les célestes Parvis.

Dans une humble et pauvre chaumière
S'arrêta l'Envoyé du Ciel ;

Une fille était en prières:
C'était la Vierge d'Israël.

Ravi de sa grâce candide,
L'Ange s'incline avec respect,
Et de la Vierge au cœur timide
Le front pâlit à son aspect.

« Salut à Vous, Vierge Marie, »
Dit l'Archange au regard si doux ;
« De grâces Vous êtes remplie,
« Et le Seigneur est avec Vous. »

Marie, à ce salut étrange,
Eprouve un saint frémissement ;
Vierge modeste, la louange
La jette dans l'étonnement.

« Ne craignez pas, Vierge bénie,
« Dit l'Ange ; de par l'Eternel,
« Vous concevrez un Fils, Marie ;
« Son nom sera l'Emmanuel.

« — Que ta volonté s'accomplisse:
« Mon Dieu, dit-elle avec douceur ;

« Fais paraître en moi ta Justice :
« Je suis ta servante, ô Seigneur ! »

Et soudain, mystère sublime !
En Elle opère l'Esprit-Saint....
Pour être un jour notre victime,
Le Verbe s'incarne en son sein !

MATERNITÉ DE MARIE.

Quelle est cette mélodie
Qui retentit en ce lieu ?
« Paix aux hommes, gloire à Dieu, »
Dit la céleste harmonie
« Gloria ! Gloria ! »
Chante la troupe bénie
« Gloria! Gloria !
« Gloria ! »

Une Vierge Mère enfante
Le Sauveur, l'Emmanuel :
Le Redempteur d'Israël

Du monde comble l'attente.
« *Gloria ! Gloria !* »
Il est né, tout le Ciel chante :
« *Gloria ! Gloria !*
« *Gloria !* »

Ecoutez les chœurs des Anges ;
Unissant leurs doux accords,
Ils chantent avec transports
De l'Enfant-Dieu les louanges :
« *Gloria! Gloria !* »
Disent les saintes phalanges ;
« *Gloria ! Gloria !*
« *Gloria !* »

Vers l'Enfant et vers sa Mère,
Les mains pleines de présents,
Les bergers vont souriants ;
Car Jésus se dit leur frère :
« *Gloria ! Gloria !*
« Dieu donne paix à la terre :
« *Gloria ! Gloria !*
« *Gloria !* »

Pour nous rendre favorable
L'Enfant-Dieu qui naît pour nous,
Révérons tous à genoux
De Jésus la mère aimable.
« *Gloria! Gloria!* »
Enfants, courons à l'Etable :
« *Gloria! Gloria!*
« *Gloria!* »

PURIFICATION DE MARIE.

Dans l'enceinte sacrée,
Muette, attendrie et voilée,
Anges, quelle est cette femme à genoux ?
Si vous savez son Nom, dites, dites-le-nous.

C'est la Vierge Marie,
La Mère de Jésus ;
Son âme est embellie
De grâces, de vertus.

Vierge sainte et très-pure,
Mère sans tache ni souillure,

Elle a conçu Jésus de l'Esprit-Saint,
Le Fils de l'Eternel a pris chair dans son sein.

C'est la Vierge Marie, etc.

Lorsque le Temple antique
A vu cette Vierge pudiquo
Entrer portant son Enfant dans ses bras,
Les échos réveillés ont répété tout bas :

C'est la Vierge Marie, etc.

Sublime obéissance !
Ils viennent tous deux en silence
Pour accomplir de Moïse la loi,
Lorsque Marie est Reine et que Jésus est Roi !

Sainte Vierge Marie,
O Mère de Jésus !
Vous, de grâces remplie,
Donnez-nous vos vertus.

PRÉSENTATION DE MARIE.

Avec ferveur, dans le parvis du Temple,
Une humble enfant vient s'offrir à son Dieu;
Avec amour l'Eternel la contemple,
Le Ciel ravi regarde le saint Lieu.

Oh ! chantez-La, phalanges angéliques,
Entonnez vos plus beaux concerts ;
Que vos mélodieux cantiques
Disent son Nom à l'univers.

Quand vers l'Autel, heureuse, Elle s'avance
Pour consacrer son enfance au Seigneur,
Sur son front pur on lit son innocence,
Et son visage est empreint de douceur.

Oh ! chantez-la, etc.

En la voyant si jeune et si candide,
Les Prêtres saints, tout bas, disaient entre eux :

« Cette humble enfant à l'œil pur et timide,
« Serait-ce un Ange ici venu des Cieux ? »

Oh ! chantez-la, etc.

Et, souriante, ô ravissant spectacle !
Marie à Dieu s'unit par de saints nœuds.
Son cœur béni devient le Tabernacle
Qu'habitera le Créateur des Cieux.

Oh ! chantez-la, phalanges angéliques.
Entonnez vos plus beaux concerts;
Que vos mélodieux cantiques
Disent son Nom à l'univers.

VISITATION DE MARIE.

Quelle est cette Vierge timide,
Au front si pur, à l'œil si doux ?
Pourquoi cette marche rapide ?
Anges du Ciel, dites-le-nous.

Vers Elisabeth, sa cousine,
Par delà les sommets d'Hébron,
Elle va, la Vierge divine,
Porter la bénédiction.

Et, par le Saint-Esprit conduite,
Marie a quitté Nazareth;
Son faible pas se précipite,
Elle entre chez Elisabeth.
« Avec respect je vous salue, »
Lui dit Marie en l'embrassant;
Et d'Elisabeth l'âme émue
Eprouve un saint frémissement.

Et l'épouse de Zacharie,
Voyant accompli son désir,
Sentit, à la voix de Marie,
En elle son fruit tressaillir.
Et le Ciel éclairant leurs âmes :
« D'où me vient donc tant de bonheur,
Que vous, bénie entre les femmes,
Portiez ici le Rédempteur ? »

« — Le Tout-Puissant sur sa Servante
« Jette les yeux avec amour ;
« Et tous les siècles dans l'attente
« Me diront Bienheureuse un jour.
« Dieu, m'élevant dans ma bassesse,
« Frappe l'orgueil dans sa hauteur.
« Aussi par un chant d'allégresse,
« Mon âme exalte le Seigneur ! »

COMPASSION DE MARIE.

En Croix, pour racheter notre âme,
Le Christ mourait ;
Et, près du gibet, une femme
Sur lui pleurait !

O tendre Mère, ô divine Marie,
Nos péchés seuls ont causé tes douleurs.
Il meurt, ton Fils, pour nous donner la vie ;
Que notre repentir puisse essuyer tes pleurs !

Elle pleurait ! le Sacrifice
Allait finir ;

Elle buvait l'amer calice
Du Dieu martyr.

O tendre Mère, etc.

Du Dieu martyr l'auguste Mère
Etait sans voix ;
Mais son Cœur était en prière
Près de la Croix.

O tendre Mère, etc.

Près de la Croix où, pour le crime,
Jésus mourait,
Marie aussi, sainte Victime,
Priait, pleurait.

O tendre Mère, etc.

A tes pleurs, Mère, à ta souffrance
Mêlant nos pleurs,
Obtiens que notre pénitence
Sauve nos cœurs.

O tendre Mère, ô divine Marie,
Nos péchés seuls ont causé tes douleurs.

Il meurt, ton Fils, pour nous donner la vie ;
Que notre repentir puisse essuyer tes pleurs !

MORT DE MARIE.

De Jésus l'œuvre est accomplie ;
Glorieux il a pris vers le Ciel son essor.
Près du Disciple aimé Marie,
Répandant ses bienfaits, avec nous vit encor ;
Mais, loin du Ciel, de la Patrie,
Pour rejoindre son Fils, pleine d'un saint transport,
Notre Mère aimée et chérie
Appelle de ses vœux et souhaite la mort.

Ouvrez, ouvrez vos blanches ailes,
Séraphins, qui formez sa Cour ;
Au sein des splendeurs éternelles
Portez la Mère de l'amour.

Depuis longtemps elle soupire
Vers cet heureux moment par son âme attendu :
Brûlant d'amour, son cœur aspire
A presser sur son sein le Dieu qu'elle a conçu ;

Et tout, dans l'éternel Empire,
Dans un même transport se trouve confondu,
Car de la Vierge au doux sourire
Le souhait par le Ciel est enfin entendu.

Ouvrez, ouvrez vos blanches ailes, etc.

Comme un captif rompant sa chaîne
Se voit avec bonheur rendre à la liberté,
Belle, triomphante et sereine,
Ses vœux comblés, Marie entre dans la clarté.
Ouvrez à votre Souveraine,
Anges, les portes d'or de l'immortalité ;
Saluez-La, c'est votre Reine,
C'est la Vierge par qui le monde est racheté.

Ouvrez, ouvrez vos blanches ailes,
Séraphins, qui formez sa Cour;
Au Sein des splendeurs éternelles
Portez la Mère de l'amour.

COURONNEMENT DE MARIE.

Quelle est Celle qui vient plus belle que l'aurore?
A l'orient vermeil
D'azur, de pourpre et d'or tout brille et se colore;
Elle a pour vêtement les rayons du soleil.

Chantez, phalanges angéliques,
Chantez vos ravissants cantiques;
Que de vos saints transports retentisse le Ciel.
C'est la Mère du Fils, la divine Marie,
L'Epouse que l'Esprit parmi nous s'est choisie:
C'est la Fille de l'Eternel.

Sur son front radieux, qui de triomphe brille,
Le Père avec amour
Dépose un diadème, et son auguste Fille
Dès cet instant est Reine au céleste Séjour.

Chantez, phalanges angéliques, etc.

Le Fils avec bonheur vient recevoir sa Mère,
Et, la faisant asseoir

Sur un Trône, le Ciel tout entier la révère ;
Car il met dans sa main le sceptre du pouvoir.

Chantez, phalanges angéliques, etc.

L'Esprit-Saint place au doigt de la Reine céleste
Un anneau nuptial ;
L'Epouse du Très-Haut, Vierge pure et modeste,
Tient dans sa main le lis, symbole virginal.

Chantez, phalanges angéliques, etc.

Anges et Séraphins, contemplez-La sans voiles :
Souveraine des Cieux,
Sur son front chaste et pur rayonnent douze [étoiles :
La lune est l'escabeau de son pied glorieux.

Chantez, phalanges angéliques, etc.

Sur son Trône brillant votre Reine domine
Avec grâce et splendeur.
Puissances et Vertus, au Ciel que tout s'incline,
Que tout lui fasse hommage et tout lui rende honneur.

Chantez, phalanges angéliques, etc.

Et nous, pour célébrer son triomphe et sa gloire,
Enfants, que nos accords
S'unissent aux concerts, aux hymnes de victoire;
Que les Anges au Ciel disent avec transport :

Chantez, phalanges angéliques,
Chantez vos ravissants cantiques ;
Que de vos saints transports retentisse le Ciel.
C'est la Mère du Fils, la divine Marie,
L'Epouse que l'Esprit parmi nous s'est choisie:
C'est la Fille de l'Eternel !

CANTATE
POUR LA
CLOTURE DU MOIS DE MARIE.

Tout rit encor dans la nature :
Les parfums embaument les airs;
Les prés ont leur fraîche parure,
Les bosquets leurs charmants concerts.
Pourquoi faut-il donc, bonne Mère,
Que, réunis dans ce saint Lieu,
Dans ton vénéré Sanctuaire,
Nous venions tous Te dire adieu?

C'est qu'aujourd'hui finit ton beau mois, ô Marie !
Ce mois si gracieux que T'ont voué nos cœurs ;
Et nous ne viendrons plus, Mère tendre et chérie,
Le soir, à ton Autel, Te présenter des fleurs !

Il en est tant encor d'écloses
Aux douces brises du matin.
Œillets, marguerites et roses
Parent le vallon, le jardin ;
Et sur ton Trône, aimable Reine,
Pour y briller et resplendir,
A Toi, comme à leur Souveraine,
Toutes auraient voulu s'offrir !

Mais ton mois va finir,
Reine des fleurs, Reine des Anges;
Et tes enfants, pour chanter tes louanges,
Ensemble, hélas ! ne devront plus venir!

Qu'il était doux à notre âme ravie
A ton Autel de venir chaque soir !

Qu'il était doux à nos cœurs, ô Marie !
En Te quittant de Te dire : A revoir !

Que de transports, que d'allégresse
Montaient avec nos chants pieux !

Que de bienfaits, que de tendresse
Sur nous tous descendaient des Cieux !

Hélas ! le temps a pris sur son aile rapide
Les parfums et les chants offerts par notre amour !
De nos jours d'autrefois nous retrouvons le vide ;
Notre bonheur finit au déclin de ce jour !

Enfants, oh ! relevons notre âme !
Non, tout ne finit pas avec ce mois béni.
Ce saint transport qui nous enflamme,
Nous pourrons l'exprimer toujours comme au-
[jourd'hui.
Pour prouver à Marie, enfants, notre tendresse,
Nous n'avons point besoin ni de chants, ni de fleurs :
Un cri du cœur suffit, jurons-lui la promesse
De lui garder notre amour et nos cœurs.

Amour, amour à Toi, sainte Vierge Marie !
Nous en faisons le plus saint des serments :
Nous T'aimerons toujours, Mère bonne et chérie ;
A la vie, à la mort, nous serons tes enfants !

Ordre des Cantiques

Rennes.—Imp. T. Hauvespre, rue Impériale, 4.

ANNALES

DE LA

SAINTETÉ AU XIXE SIÈCLE

BIOGRAPHIES COMPLÈTES DES SAINTS
DES BIENHEUREUX & DES VÉNÉRABLES QUI ONT
VÉCU & SONT MORTS DANS NOTRE SIÈCLE

D'après les Actes des Procès apostoliques pour la Béatification, avec l'histoire de leurs Œuvres et Fondations continuée jusqu'à nos jours, d'après les Documents authentiques, et une Chronique des livres et des faits relatifs à la Sainteté,

PAR UNE

SOCIÉTÉ D'ECCLÉSIASTIQUES & DE RELIGIEUX

Sous la direction de M. l'Abbé R. BONHOMME

Prix de l'abonnement : 10 francs par an.

Pour l'Etranger, la différence du port en plus.

Connaître les *Vies des Saints* a été, dans tous les temps l'objet des recommandations les plus vives de la part de ceux qui ont à cœur d'être utiles aux âmes. Or, au premier rang des Saints dont il importe d'étudier les voies pour les imiter, il convient de placer ceux qui se sont sanctifiés dans les temps où nous vivons. A tous les titres, sous tous les rapports, et à des points de vue divers, les Saints de notre siècle ont pour nous un intérêt que ceux des temps déjà loin de nous ne sauraient offrir aux pieux lecteurs.

Ce *Recueil* est une réponse victorieuse à ce préjugé violent répandu par les ennemis de notre Foi, qui s'efforcent de le faire pénétrer parmi les fidèles Catholiques. L'Eglise, disent-ils, a eu, à ses premiers âges, de grands Saints dont les œuvres et les miracles ont rempli le monde. Mais, de nos jours, il n'y a plus rien de semblable. L'Eglise n'a plus le grand fleuron de la Sainteté qui a été son titre de gloire dans les siècles passés.

Il faut nécessairement déraciner cette erreur funeste et s'opposer à sa fatale diffusion.

Les ANNALES DE LA SAINTETÉ AU XIXe SIÈCLE prouvent, par le témoignage irrécusable des faits, que nos temps n'ont rien à envier à ceux qui les ont précédé, que l'Eglise porte sur son front le caractère de la Sainteté dont elle a le privilége exclusif, et qu'elle ne cesse de produire dans son sein fécond des Saints qui sont des types parfaits proposés à notre admiration, pour nous éclairer et nous servir d'exemples et de leçon salutaire.

Nous ne remontons pas au delà du XIXe siècle, et notre intention formelle est de ne pas sortir de ces limites. Dans les Archives de la sacrée Congrégation des Rites, qui nous sont ouvertes avec bienveillance, et dans les Procès apostoliques que les Postulateurs des Causes de Canonisation veulent bien nous communiquer, nous trouvons une mine féconde que nous nous contentons d'exploiter. Mais, pour tenir nos lecteurs au courant de tout ce qui s'écrit sur l'Hagiographie, nous donnons, dans chaque livraison, un compte rendu très-détaillé de toutes les Vies des Saints, à quelque siècle qu'ils appartiennent, dont les auteurs ou les éditeurs veulent bien déposer deux exemplaires au bureau des *Annales*.

Notre publication a trouvé un bon accueil auprès des membres de notre illustre Episcopat, et mérité leurs éloges et leur haute approbation. Elle a été acceptée avec joie par les Religieux et par les Religieuses, et en particulier par les Prêtres zélés qui ont fondé des bibliothèques paroissiales. Elle est aussi avidement recherchée par les pieux Fidèles qui aiment les lectures saines et pleines de l'esprit de Dieu.

www.ingramcontent.com/pod-product-compliance
Ingram Content Group UK Ltd.
Pitfield, Milton Keynes, MK11 3LW, UK
UKHW021628260726
13994UKWH00003B/1127

9 782329 094649